句集

藍甕

佐藤恵子

序に代えて

著者の佐藤惠子さんとは数えてみれば、俳句を同行した期間は四十有余年になる。私が埼玉に住んでいた頃は毎月の「天狼」の吟行会はもとより「彩」の吟行など数えても数えきれないほどである。それからもう一人の共通の友人、茂木二三さんと三人で年の暮になるとよく奥多摩の雲取山へ行った。勿論、俳句山行である。木曽の御嶽山にも行った。山に行っても俳句でも弱音を吐いたのを聞いたことがない。生まれながらのものと雪国育ちという辛抱強さがそうさせたのであろう。

惠子さんはすでに昭和五十五年に『虹彩』という第一句集を「深夜叢書社」から出版している。作者の変貌の軌跡を知る一助として初期の句を記すと、

風邪に寝るお化屋敷の地図を持ち

奇 術 師 の 忘 れ て ゆ き し 寒 夕 焼

枯木山鴉の声を赤と決め

かつて疎みいま光源の向日葵よ

青高原小悪魔棲む腕時計

という青春のキラキラした時代があった。私は感性だけで作句していたのではやがて行き詰まるのではと危惧していた。そのとき後書きの最後に惠子さんはこんなことを書いている。

「習作ノートに等しい句を、斎藤愼爾氏の御好意によって一冊にまとめることになりました。句に深みも陰影もなく、まさに習作ノートですが、これから何年、何十年先になるかわかりませんが、うまい俳句を作れるよう、いっそうの精進を続けたいと思っております」

昭和五十二年に秋元不死男師の没後、「氷海」と「天狼」の有志が集まり「森の会」なる句会を十数年間池袋で持ったことがある。惠子さんもその一員となり同年「天狼」に入会した。だが即物具象を標榜する「天狼」ではまた一からの出発と同じである。

誓子先生は現実を尊重せよとしばしば言っていた。又、格に入るのに十年、格の中で十年、格を出て十年と言っていた。その転換は随分大変なことであっただろう。それから三十七年の歳月を閲した軌跡を辿ってみると、

行の山登山口より鉄鎖攀づ
鮞《はららご》の珠のいのちの透きて見ゆ
長病みの母ベッドにて鬼やらふ
葡萄棚青嶺の青き裾延ばす
口開けて顔無くなれり燕の子
登るほど空蒼くなる富士登山
塩の道一夜の雪に道断たる

この時期はさしづめ「格に入る」年代ながら実感に即した佳吟を得ている。特に「鮞《はららご》の」の句などは今もって色褪せない。この句は福島県の浪江町で誓子、静塔先生を迎えての鮭漁吟行大会のときの所産である。何万という鮭の卵の一粒、一粒の薄紅色を見ているとまさに「珠のいのち」それが「透きて」見えるのである。愛の心で見

るとこういうふうに見えてくるのだ。

誓子先生は、またしきりに斎藤茂吉の「実相観入」を説かれていたが、この句などは実相に観入していると言っても過言ではないだろう。

１９９４年代に入ると第二の師誓子先生の逝去、父君の逝去、母堂の病気と不幸が続くようになる。

父の日も意識戻らず父眠る
短夜が長し心搏失せし父
喪に服す父の常着のセーター着て
父の日の今年は父の喪中なり
冷房を点けては止めて母介護
メロン食ぶ介護の我がみんな食ぶ
寝たきりの母も虫干車椅子
サングラスかけて母乗る車椅子
長病みの母の臭消す百合活けて

新米を炊けり退院せし母に
寝たきりの母に付添ひ寝正月
汗噴けり術後の麻酔覚めぬ母

なかでも次の句などは、平易な表現ながら惠子流の独特な切り取りと着眼点だ。

喪に服す父の常着のセーター着て
寝たきりの母も虫干車椅子
寝たきりの母に付添ひ寝正月

「父の常着」「母も虫干」「母に付添ひ寝正月」など傍線部は淡々とした表現ながら親子の情愛が深く感じられる。特に「虫干」の句などには、知るものにとって温かく見守っている惠子さんの目まで感じられる。

「天狼」のもう一つのモットーである「外淡内滋」の世界と言えよう。

またこの年代は、先生の言う格に入る、格の中での格闘となる。その中で現実を尊重しながらも惠子流の独特な詩眼の句を抽くと、

油虫追ひかく魔女の箒持ち
蜃気楼人買舟の入りし湾
新雪は鶴女房の千羽織
荒るるとは急回転よ花万燈
義士祭主税の墓に紅き薔薇
観覧車飛燕の背の真つ平ら
ピアノ曲欲し新緑の露天風呂
十月のうすべに桜絹街道
スキー場夜のゲレンデ白磁なり
リフトいま銀河鉄道夜間スキー

なかでも「十月の」の句は「彩」の吟行会で秩父に行ったときの句だ。秩父から八王子へ出る道は昔絹街道であった。「絹街道」の栄枯盛衰を十月桜の少し淋しげな「うすべに色」が現在の街道を象徴して一篇の詩を織りなしている。それは山国の秩父を知るものにとって、嘗て絹織物で栄えた土地柄と相俟ってある詩情を醸し出して止まないものがある。吟行会でも賛意を表した記憶があるが、今もって忘れられない句の一つだ。

又、夜間スキー二句はその特色を摘出して、その新鮮さに瞠目するものがある。

スキー場夜のゲレンデ白磁なり
リフトいま銀河鉄道夜間スキー

2001年になるとかねてから念願の「日本美術会附属研究所・民美」に入学した。私はこれがどのように俳句に付加価値を齎すものかと注目していた。

ピカソ展ゆがむ顔見て風邪抜けず
自画像として一本の裸木描く
牡丹の全き蕊は黄の和菓子
新装の花舗の中飛ぶ紋白蝶
藍甕に二度漬けし色濃紫陽花
真の闇嬥歌《かがひ》の山の夜長し

おけさ柿熟るる火星の色をして

一句、二句目の画に関連する句や他の句にも色彩が豊かになってきた。なかでも「藍甕に二度漬けし色」の「二度漬けし色」という表現は具象的であり且つ新鮮だ。紫陽花と藍壺の句は無きにしも非ずだが、「二度漬け」はそれらの句を脱け出している。濃紫陽花の色が目に見えてくるようだ。そこには喜怒哀楽の埒を超えた美の世界がある。この辺が美術会附属研究所に入った効用があるように思う。

２００６年代以降に入ると入門以来の努力の積み重ねによって、メルヘン調あり、独白あり、稚気あり、ウイットあり、社会性ありと、格を出て独自な恵子流の自在な詠み振りとなってきた。

雪を被て杉山杉の行進図

池普請底搔くホース水箒

風花は花咲爺のこぼれ灰

一徹のわたしは化石雪籠

春眠の椅子よ歯医者の待時間
囀りは洋楽土鳩和楽なり
野外ミサ青松虫は天の声
貼り付けて紅葉を刺青《タトウ》露天風呂
落葉踏むフランス映画はしごして
胎蔵界元朝の靄たち籠めて
不忍池鴨の都会派雑居して
霏々と雪ホテルに籠り眠り姫
大使館裸木の影は死の商人
猛暑行かしむゴーヤ食べ鰻食べ
ティータイム紫陽花エーゲ海の色
キャベツより出づる亀虫ふるさと便
エルニーニョ栗名月も熱帯夜
雨台風五重塔は五段滝

クリスマス街に焙じ茶煎る香り

右は特に著者の惠子さんらしい句を抽出してみた。傍線のところが注目するところである。これらの特徴として先ず平易な表現で晦渋なところがないところだ。
そして作品の内容が実に多彩になってきた。読んでいて飽きることがない。そのへんが「格に入り格を出た」と、感じる由縁であろうか。芭蕉の「昨日の我に飽きよ」という言が自然に行われているところが、また注目するところである。

貼り付けて紅葉を刺青《タトウ》露天風呂
霏々と雪ホテルに籠り眠り姫
風花は花咲爺のこぼれ灰

など傍線のところが著者独特の切り取り方だ。またポエジイ豊かな句としては、

落葉踏むフランス映画はしごして
野外ミサ青松虫は天の声

ティータイム紫陽花エーゲ海の色

等々実態に即しながら飛躍しているところである。第一句集の『虹彩』に通じるものがあるが、根本的に違うところはいずれの句も現実を尊重しながら飛躍しているところである。だから作り物ではない実態感がある。これは誓子門ということと、入門以来三十八年という積み重ねの他ないだろう。

また社会性のある鋭い句としては、

大使館裸木の影は死の商人

が挙げられる。著者が持っている正義感が見えてくる。それから稚気と些かのユーモアを包含している句としては、

猿山の猿が皆逃ぐしやぼん玉

猛暑行かしむゴーヤ食べ鰻食べ

などの句がある。どの句も独自な切り取り方で絢爛たる恵子ワールドを展開している。

まさに八面六臂、十一面観音のような自在な句境は「格に入り、格を出よ」という教えを師の没後もひたすら守り営々と積み重ねてきた努力と、誓子門入門以来四十年近くに渡っての歳月の重みの他ならないであろう。

その他触れ得なかった現実尊重の句にも数々の佳吟があることを申し添え、生涯現役を標榜した誓子先生を範として、共にこれからも益々の精進をされんことを願って筆を擱く次第である。

平成二十八年一月吉日

平野　ひろし

目次

カバー絵及び本文カット・著者

句集　藍甕

天狼時代

（一九八〇～一九九三年）

行の山登山口より鉄鎖攀づ

摩利支天攀ぢる己の影を踏み

山上池万年雪の端浸る

登山道遭難の碑が道しるべ

キャンプ去り踏まれし草が起きあがる

登山馬凋れし水場に首入れる

御来光見て寝袋にまた入る

下山して富士の全姿を目に収む

耶蘇名もち外人墓地の草を刈る

鮞《はららご》の珠のいのちの透きて見ゆ

山小屋のランプの下で年迎ふ

登山小屋無線アンテナ輪飾す

登山小屋雑煮のなかに熊の肉

雪積る坑の口より十歩ほど

坑道に緑青混じる大氷柱

乗ること無き人力車にて初詣

初茶の湯床に稲穂を奉書巻

長病みの母ベッドにて鬼やらふ

谷底も桜満開吉野山

吉野山昼見し桜夜も見る

峰入の貝聞ゆなり西行庵

陀羅尼助入れて奥駆行者発つ

闘牛の傷にすり込む蝮酒

野焼跡頭の焦げし土筆立つ

葡萄棚青嶺の青き裾延ばす

柵隔て基地と青牧富士裾野

口開けて顔無くなれり燕の子

山開き早池峰山頂神楽舞ふ

神体の岩に登山の道しるべ

登るほど空蒼くなる富士登山

宝永山火口の底にケルン積む

落石の音で目が覚む登山小屋

山小屋の雑魚寝窓辺に星満ちて

登山口注連で塞ぎて富士を閉づ

採石場紅葉最中の木を倒す

魚網着て鰯干場に案山子立つ

磯焚火生きゐる海星投げ込めり

紙漉場広貫堂の薬箱

塩の道一夜の雪に道断たる

父の日

（一九九四〜一九九七年）

神鏡に黒き一閃つばくらめ

盲導犬行く片陰をはみ出して

萍の毛根絹の強さなり

流人島露天風呂にて日焼せり

真夜中に蟬鳴き出せり流人島

油虫追ひかく魔女の箒持ち

父病めり夏も肌シャツ重ね着て

隠れ里踊りしその夜櫓解く

父の日も意識戻らず父眠る

短夜が長し心搏失せし父

明け近し蛙合戦ひたと止む

滝見茶屋壜に封じて蝮売る

山々は雪嶺林檎の摘花終ふ

雪嶺の先は大海塩の道

塩の道難所の巖に清水湧く

霧湧くも消ゆるも山の襞に沿ひ

中国・長江下り　三句

白帝城暑気を払ふに菊花の茶

白帝城青銅色の蜥蜴馳す

白帝城峨々たる峰に峰雲聳つ

湯治宿三時の茶菓に冷奴

蜃気楼人買舟の入りし湾

径いまだ雪に断たれし富士開く

富士登山星は真実天の花

登り来し富士漁火も星座なり

登山小屋人工衛星見て眠る

魔の岩場雪解の水が滝なせり

雪渓が垂直に立つ魔の岩場

ゴンドラのはるか下にて囀れり
ピッケルもて尾瀬の浮島引き寄せる
風の盆さざなみに似し女舞

風の盆独り墓前で胡弓弾く

風の盆父の胡弓で娘が踊る

図書館の庭に鵙の木雀の木

ワイン工場高窓に柿簾

極楽院暗し紅葉に囲まれて

鶏頭のほかは野の花子規の墓

銀の濤立つ鰯網絞られて

喪に服す父の常着のセーター着て

新雪は鶴女房の千羽織

雪黒く降る谷底の隠れ里

正月の山小屋の皆顔馴染

山小屋の屠蘇享く大き薬罐より

佐渡ヶ島賽の河原に波の花

吸殻が刺さる駅舎の雪達磨

終着駅風によぢれし氷柱垂る

神楽面脱げば顔より湯気立てり

雪晒し日に日に上布白くなる

すべて梅天神様の花万燈

荒るるとは急回転よ花万燈

義士祭主税の墓に紅き薔薇

義士祭墓に赤穂の塩饅頭

山焼の火柱立ちしまま走る

どの糸に樹の声あらん糸桜

ビル風を浴びてきりもみ鯉幟

尻叩き嫌がる牛を闘はす

雨天決行闘牛の跡泥田なす

父の日の今年は父の喪中なり

車椅子

（一九九八〜二〇〇一年）

椅子固きプラネタリウム誓子の忌
誓子の忌富士新しき雪を被て
静塔の席涅槃図の剝落は

白堊紀の化石漣痕大干潟

天守閣野焼の煙上り来る

刑場跡野焼の煙流れ来る

目に口に杉の花粉の馬頭尊

桜鯛焼かれし眼象牙玉

耀終へし河岸に喪の幕河豚供養

河豚供養河豚の眼は瑠璃の玉

河豚の産卵満月の満潮時

黒土の色満開の花の幹

とくとくの清水光れり西行庵

振り向けば西行が立つ山桜

てのひらに千年桜の落花享く

満開の花に雪降る新世紀

密教の山に雪洞桜どき

外つ国の難民ニュース啄木忌

遠足児黒き温泉卵食ぶ

闘牛場山の斜面を桟敷とす

飼主の屋号が四股名牛相撲

闘牛の咆哮獅子の咆哮よ
土煙上げ負牛が押し返す
闘牛の巨体圧し合ひ宙に浮く

闘牛場地酒酌みつつ声援す
角折るる闘牛角を突き突きて
闘牛の引き離されて勢子を突く

更衣ピアスも青き硝子玉

満開の泰山木はメロンの香

観覧車飛燕の背の真つ平ら

ピアノ曲欲し新緑の露天風呂

茄子胡瓜糠漬け持ちて湯治客

奥信濃田の水口に水芭蕉

隠れ里今も塩噴く泉あり

浦島草安曇野かつて海の底

冷房を点けては止めて母介護

メロン食ぶ介護の我がみんな食ぶ

寝たきりの母も虫干車椅子

サングラスかけて母乗る車椅子

長病みの母の臭消す百合活けて

禅寺の祖の軸曝す香焚きて

禅寺の野点菓子器は朴落葉

登山帽脱ぎて全身風当つる

御嶽の山小屋木會の檜風呂

開きたる山の木道木の香たつ

水槽に湧水溢る避難小屋

休火山釜に万年雪蔵す

咲き初めのすでに枯色富士薊

富士崩れ場登山馬の糞夥し

大雪渓攀ぢて一気に雲の上

構内に山祇祀る登山駅

青苔を被て倒木が地に還る
水馬踏まへし水面歪みたり
阿波踊り藍の本染着て踊る

仏桑花禰宜の肌着を陰干す

稔るほど赤米の葉の赤み増す

新米を炊けり退院せし母に

快晴の我が誕生日菊節句

虫時雨浴ぶ歌舞伎座を一歩出て

双方に勝ち名乗りあぐ泣相撲

暁の満月天の水母なり

新蕎麦と青き空あり父の里

すずなりの柿山さくら返り咲く

虫時雨芭蕉差配の護岸にて

床の間に木槿一輪芭蕉庵

政岡は左利きなり村歌舞伎

村歌舞伎村の小町が千姫に

野外能臥せる葵に虫時雨

無人店葉付大根蝶潜む

十月のうすべに桜絹街道
紅葉狩奥の緑は死の樹海
教会の枯蔦竜の昇天図

居間は兼書斎と客間一葉忌

パン工房聖樹にパンの星と靴

能楽堂席に白息持ち込めり

金粉が浮く元朝の汁の椀

三が日一歩も出でず母介護

降る雪に玻璃も一幅美術館

黒川能子方悴み太刀抜けず

黒川能懐炉三つもて夜を明かす

黒川能づいんと屋根の雪墜ちし

氷点下何をするにも気合入れ

雪山の雪に溺るる踏み外し

越後平野鳴神駆けて雪降らす

雁木道真夜も除雪の水流す

雪祭いちにち雪の降りやまず

雪像の紫式部雪詠むか

スキー場夜のゲレンデ白磁なり

リフトいま銀河鉄道夜間スキー

無人駅軒に氷柱の乱杭歯

雪激し都心無気味な静けさよ

享保雛紅花染の衣褪せず

冠は楊貴妃のごと享保雛

有職雛五人囃子はをのこなり

紀州家の雛の調度に蜜柑箱

もぐら穴もぐら出るまで日向ぼこ

わが息の七色となるしやぼん玉

冬桜田中絹代の墓の径

万華鏡

（二〇〇二～二〇〇五年）

珈琲党元朝もまづ豆を挽く

田を山を鎮めて雨の三ケ日

寝たきりの母に付添ひ寝正月

火入れ待つ納め達磨に見詰めらる

白杖を突きて施療の針納む

丸焦げの吉書鳥の形して

田遊びの台詞無き稚児稲の精

日向ぼこ鳩は羽毛を膨らませ

ピカソ展ゆがむ顔見て風邪抜けず

自画像として一本の裸木描く

御殿雛源氏絵巻の屏風立て

御殿雛百人一首手描きなり

雛段に赤き金魚の蠟細工

享保雛内裏の笑みの謎めけり

地獄絵図懸かる真下に雛飾る

蜥蜴はや出づる誓子の十年忌

この落花小野小町の爪の色

野遊びの昼餉国見の丘の上

大干潟浜にも基地の境あり

食べかけて父にも供ふ蕗の味噌

雨風に濡れ来て甘茶掛け申す

涅槃図の釈迦の足裏に千輻輪

元服の剃跡青き武者人形

押戻し勝ちし闘牛片目なり

闘ふを拒みたる牛首そらす

還暦の体操教室春や春

菖蒲園カメラ向ければ花動く

牡丹の全き蕊は黄の和菓子
風渡る蓮の巻葉は風抱きて
大輪の薔薇の蕊にて蜂の恋

五分八分咲きこそ美しき薔薇の園

でこぼこの梅雨の校庭潟をなす

新装の花舗の中飛ぶ紋白蝶

蜘蛛の糸測り尺蠖囲にかかる

金魚田に金魚の渦の万華鏡

藍甕に二度漬けし色濃紫陽花

夕端居鎮守の杜の足湯にて

汗噴けり術後の麻酔覚めぬ母

虹懸る母に麻酔のなほ利きて

熱帯夜補聴器外し眼鏡とる

涼風を玻璃にて断てり病母ゐて

我が避暑地博物館と美術館

真の闇嬥歌《かがひ》の山の夜長し

恐山無限地獄に蝮棲む

お囃子も子らにて金魚ねぶた曳く

綿飴ぞ天然氷掻きたるは
浮上せし鯉に軽鳧の子乗り上ぐる
五合庵端居せる我許されよ

五合庵佐渡まで延ぶる鰯雲

萬緑が海を隠せり五合庵

合掌家橡の実を干す荒筵

天明の熔岩原蓮華つつじの焔

灼け河原踏み立つ石を踏絵とも

家康の手型とぴたり日焼の掌

富士登山直角に腰折り曲げて

蜂飼の巣箱わんわんお花畑

トルコにて

大緑蔭聖母マリアの終の家

涼風がたつ良寛の軸懸けて

赤米の青田葦伸ぶ勢ひぞ

赤米の垂れし穂の髭強し赤し

雪洞と月の明のみ風の盆

風の盆廓跡にて輪踊りす

零時過ぎ笠脱ぎ踊る風の盆

炎天下海と照り合ふ能登瓦

鬼やんま水面に映る影は鳥

鵙高音七堂伽藍礎石のみ

養蚕の街の街路樹桑茂る

千貫神輿火消ホースで水を掛く

子規庵に正座して見る糸瓜棚

運動会犬は缶詰ペット食

宅配の秋刀魚鋭き氷傷

おけさ柿熟るる火星の色をして

柿成り年鉢に植ゑたる豆柿も

赤とんぼ虎の檻出て豹の檻

唯一の古代紫式部の実

照葉より雨こそ良けれ紅葉狩

芭蕉庵芭蕉詠まざる曼珠沙華

啄木鳥のロマン派突つく白かんば

村歌舞伎桟敷の柵は蚕棚

筆噛んで孫に隈取農歌舞伎

芒立て義太夫劃す農歌舞伎

姫様は中年太り農歌舞伎

川霧が地震に抉れし峡を這ふ

紅葉散る地震の地割れの上に散る

全壊の家の奥より虎落笛

一ト月を経ての余震よ夜が長し

漱石忌犬猫美容院混めり

蛙掘り出す放生の池普請

檻褸市にクレオパトラと彌陀の像

東海村汚染の土に夜の雪

雪に溺るるラッセルの脚もつれ
ラッセルの腹に新雪鉄扉なす
深雪晴虹の七色もて光る

夜神楽に稚児抱く母も茶碗酒

そこつ神神楽の白衣裏返し

寒風に針総立ちのはりねずみ

仏間寒し母の骨壺居間に置く

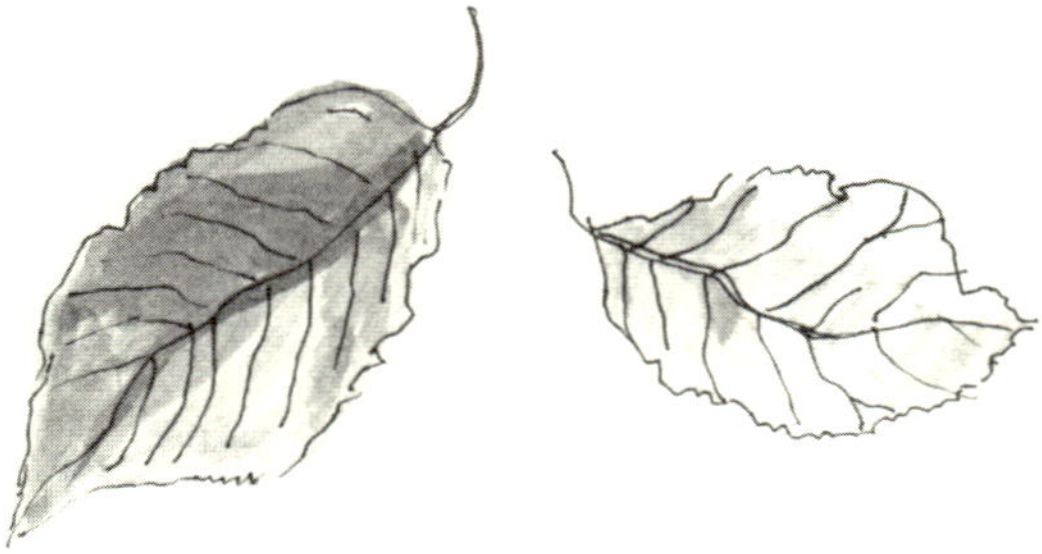

風の村

（二〇〇六～二〇〇九年）

雪を被て杉山杉の行進図

見張鴨突如水面に立ち上がる

池普請底掻くホース水箒

雪原に立ち電柱も木の仲間

崖こすりこすり除雪車押し進む

氷河なり湖に映れる冬の雲

イタリア・ヴィンチ村

寒し寒しダ・ヴィンチ生家石の家
ヴィンチ村山なし冬は風の村
一徹のわたしは化石雪籠

雪達磨目を入れて子が話し掛く
樹氷林樹氷の影は空の色
風花は花咲爺のこぼれ灰

初御空むかし映画に天然色

初湯巡り老化防止の炭の湯も

野鳥観察笹鳴きに包まれて

郵便夫杉花粉浴び黄沙浴び

黒牛の角は鼈甲御殿雛

御殿雛蔀戸下げて御簾上げて

御殿雛見しも我が家の雛が良し

花曇天の遠さを忘れゐる

震災の仮設の屋根に落花積む

春眠の椅子よ歯医者の待時間

囀りのみんなソプラノ大気澄む

囀りは洋楽土鳩和楽なり

葦焼きの水漬く底まで焼き尽す

野遊びの天に鯨の親子雲

げんげ田の子ら曼陀羅の童子らよ

花御堂枝垂桜の樹下に据ゑ

良寛の凧揚げし天鯉幟

大茅の輪潜る犬抱き猫抱きて

深海の都市なり梅雨の雲垂れて
新茶汲む富士の霊水購ひて
あなうれし山鳥に遭ふ青山中

橡の葉に巻き長文の落し文

目つむれば滝の音なり蟬時雨

円墳のその頂きに蟬の穴

幕間に流す水音夏芝居

涼しきよ釘一つなき合掌家

黄の蓮の咲き初めほのとメロンの香

顔出せる巣燕七羽黒ダリア

先端は雲の中なるお花畑

新しきズックが並ぶ地蔵盆

噴水のてつぺん水の拳玉よ

瑠璃揚羽沢庵の墓石ひとつ

星祭会ひたき人はみな冥府

坊を発つ山蛭除けに塩持ちて

大花火硝煙枝垂桜なり

団欒も昼寝も仏間盆三日

汗滂沱病める右目の奥からも

野外ミサ青松虫は天の声

砲座跡戦後自生の大緑蔭

要塞島蜘蛛手の道の木下闇

ポルトガル・ナザレの街

街白亜ナザレの路地に鰯焼く

花びらは星の金環百日草

苦瓜の熟れし先端カメレオン

穂孕めり二学期迎ふ学校田

校庭の一坪の田に稲雀

運動会男女混合ピラミッド

静塔忌修す珈琲ブルーマウンテン

千輪菊無香遺伝子組み替へて

雲海の上に山古志新校舎

薬草園大学教授草を引く

山の霧這ふ起き抜けの露天風呂

貼り付けて紅葉を刺青《タトウ》露天風呂

一画は有機農業虫すだく

あをきまま木の葉が降れり秋暑し

落葉踏むフランス映画はしごして

冬桜桜紅葉と並び立つ

門跡寺紫しきぶ白しきぶ

落葉落葉ミドリシジミの棲息地

大香炉

（二〇一〇〜二〇一四年）

胎蔵界元朝の靄たち籠めて

不忍池鴨の都会派雑居して

暖房に蟷螂孵り皆死せり

流れ急雪片溶けず流れ行く

スノーボード曲りし跡は蜷の道

霏々と雪ホテルに籠り眠り姫

雪深し一歩出しては一呼吸

風邪見舞したたむ我も風邪癒えず

咳激し閉ぢしまなこに火花散る

風邪七日倭国産み何日ぞ

大使館裸木の影は死の商人

冬桜八重の花びら金平糖

湯治場の外湯丸太の雪囲

寒天に龍の抜殻飛行雲

でこぼこは風のためらひ結氷池

大寒の白杖素手で握りしむ

火渡りの火床に降れる杉花粉

手古奈の碑ベクレル高き霾れり

梅まつり祇園精舎の琵琶の音

山繭の穴はミクロの空気孔

御殿雛団十郎立つ段の下

稚児雛臣下もみんなうなゐ髪

集ふ者五人となりし誓子の忌

御開帳出店に鯛飯筍飯

恋の猫去りし樹上に鳩の恋

猿山の猿が皆逃ぐしやぼん玉

ほうけたる土筆の頭九輪なす

梅雨荒し水平線の延び縮む

遠足の矜《こん》羯《が》羅《ら》童子動物園

向き変へて手裏剣飛びのつばくらめ

牛蛙天の岩戸を開ける音

小糠雨ゴッホの墓に蟻出づる

青麦のつんつんゴッホ終焉地

病む目には雨良し冷夏ありがたし

禍福なき年金暮し啄木忌

団子虫母に預けて遠足へ

捨つも摘む放射能被し一番茶

甘草は真昼の籌薬草園

地肌まで日焼けゐたりしうなゐ髪

お伽の木朝顔絡む百日紅
蟷螂の碧眼キラリけものの目
期せずしてたかしの忌なり野外能

閻王の御《ン》前蟬の穴数多

牧之の地葛餅うまし水甘し

猛暑行かしむゴーヤ食べ鰻食べ

総玻璃のビルの胎内夕焼雲

隠岐暑し海から波の照り返し

青牧場島の人口超す牛馬

ティータイム紫陽花エーゲ海の色

震災の慰霊の花火百連打

汗の手の老斑北斗七星よ

冷房に勝る霊気よ三蹟展

夜も鳴く東京の蟬ながら族

キャベツより出づる亀虫ふるさと便

裂け茘枝もの喰ふ鬼の赤き口

岩走る水の如くに蟻走る

誕生日「もつてのほか」の菊膾

新米に産みたて卵今朝の膳

ひよんの笛誰彼吹けど風の音

エルニーニョ栗名月も熱帯夜

紅葉狩難所ひらりと山ガール

防人の島曼珠沙華曼珠沙華

刈田焼く自給自足の壱岐の島

咲き尽きて河童の頭曼珠沙華

雨台風五重塔は五段滝

丸刈の金木犀は大香炉

クリスマス街に焙じ茶煎る香り

吹抜ホール聖樹の青き心柱

あとがき

五年前、句集をと思ってまとめてみましたが、3・11の東日本大震災に遭い、無力感・喪失感におそわれやめてしまいました。五年過ぎても気持ちに変わりはありませんが、世の変化は目まぐるしく、若者の労働形態のむごさ、年金生活者の貧困等、その上恐い法案……と。しっかり自分の立ち位置を定めないと、と強く思うようになりました。過密労働の中で体調を崩し定年前にリタイアーしましたが、俳句があったから精神のバランスをとれていたのかとも思い、三四年間の生活記（?）の「句集」をと思うようになりました。

平野ひろし先生には過分な序文をいただき、身の細る思いを強くしています。ひろし先生との出会いは秋元不死男先生の「氷海」に入門以来、そして「氷海」終刊後は「天狼」でたくさんの吟行や茂木一三さんと二人、登山俳句をご指導いただきました。また「天狼」終刊後も東京の天狼同人たちで「八重洲句会」を立ち上げ、月一回の吟行を指導していただいています。今は亡き長田白日夢氏、そして現在もご指導いただいている若々しく年齢不詳の里川水章先生にお礼申しあげます。

「彩」も「鉾」も誓子門下、「天狼」俳句の一本の道を歩んで来ることができたのは幸せな恵まれた俳句人生です。先輩や句友にも恵まれました。が、多くの方々は既にあちらの世界へ逝ってしまわれました。

残された時間は多くない年齢、今日《こんにち》・ただ今を大事に精進せねばと肝に銘じています。リタイアーして一五年、やっと自己解放でき、俳句と絵の世界で贅沢な時間を過ごしたいと思っています。

最後に、お忙しい中、私の句をパソコンに入れてくださった遠藤恵子さんに感謝、お礼申します。

二〇一六年一月

茜草庵にて　　佐藤恵子

著者略歴

1942年９月９日生

1966年　東京厚生年金俳句教室に入会
　　　　（講師・秋元不死男、安住敦）

1967年　「氷海」入会

1971年　氷海賞受賞

1977年　「氷海」終刊

1978年　「天狼」入会

1984年　光星賞受賞

1994年　「天狼」終刊

1994年　「彩」入会

1995年　「鉾」入会

2011年　「鉾」終刊
　　　　現在に至る

俳人協会会員

著書　　句集『虹彩』

現住所　〒166－0002
　　　　東京都杉並区高円寺北４－29－２－409

句集　藍甕　奥附

著者　佐藤惠子＊発行日　二〇一六年五月十一日　第一刷
発行者　菊池洋子＊印刷所　明和印刷＊製本　新里製本
発行所　〒一七〇-〇〇一三　東京都豊島区東池袋五-五二-四-三〇三
紅（べに）書房　info@beni-shobo.com　http://beni-shobo.com
電話　〇三（三九八三）三八四八
FAX　〇三（三九八三）五〇〇四
振替　〇〇一二〇-三-三五九八五
落丁・乱丁はお取換します

ISBN978-4-89381-311-4
Printed in Japan, 2016